Quebracho

Ortografia atualizada

*Copyright © 2012, Editora WMF Martins Fontes Ltda.,
São Paulo, para a presente edição.*

1ª edição *2012*

Coordenação editorial
Fabiana Werneck Barcinski

Acompanhamento editorial
Helena Guimarães Bittencourt

Equipe Pindorama
Alice Lutz
Susana Campos

Agradecimento especial
Luciane Melo

Preparação
Ana Caperuto

Revisões gráficas
Alessandra Miranda de Sá
Luzia Aparecida dos Santos

Projeto gráfico
Márcio Koprowski

Produção gráfica
Geraldo Alves

Impressão e acabamento
Yangraf Gráfica e Editora Ltda.

**Dados Internacionais de Catalogação na Publicação (CIP)
(Câmara Brasileira do Livro, SP, Brasil)**

Barcinski, Fabiana Werneck
Quebracho / texto adaptado por Fabiana Werneck Barcinski ; ilustrações de Guazzelli. – São Paulo : Editora WMF Martins Fontes, 2012. – (Um pé de quê?)

"Coleção inspirada no programa de TV de Regina Casé e Estevão Ciavatta"
ISBN 978-85-7827-519-8

1. Literatura infantojuvenil I. Casé, Regina. II. Ciavatta, Estevão. III. Guazzelli. IV. Título. V. Série.

11-14107 CDD-028.5

Índices para catálogo sistemático:
1. Literatura infantojuvenil 028.5
2. Literatura juvenil 028.5

Todos os direitos desta edição reservados à
Editora WMF Martins Fontes Ltda.
*Rua Prof. Laerte Ramos de Carvalho, 133   01325-030   São Paulo SP Brasil
Tel. (11) 3293.8150   Fax (11) 3101.1042
e-mail: info@wmfmartinsfontes.com.br   http://www.wmfmartinsfontes.com.br*

Coleção Inspirada no Programa de TV de
Regina Casé e Estevão Ciavatta

Quebracho

Ilustrações de Guazzelli

Texto adaptado por
Fabiana Werneck Barcinski

Realizadores

SÃO PAULO 2012

Apresentação

Às vezes a vida nos leva para um lugar completamente diferente do que queríamos ou imaginávamos. Uma pessoa pode estudar anos e anos para se tornar médico e no fim virar artista de cinema.

Acho que foi mais ou menos assim que aconteceu com o Quebracho. Quietão, na dele, quase sempre solitário ou cercado de bem poucos amigos da mesma espécie, de repente se viu envolvido numa guerra vergonhosa. Claro que toda guerra é uma vergonha, mas acho que essa é ainda mais que as outras. E o que pude observar do Quebracho, quase sempre isolado nas imensidões do Pantanal Matogrossense, foi que ele não gostou nada, nada disso. E, quando achou que sua vidinha no campo tinha voltado ao normal, mais uma vez uma reviravolta o leva de novo ao foco das atenções e ele se torna o centro da economia de toda uma região.

Não que ele ocorra só nessa área, ele nasce também em Minas Gerais e em vários estados do Nordeste que eu já conhecia. Mas sou muito grata a ele por ter me levado pela primeira vez ao deslumbrante Pantanal Matogrossense, lugar que me deixou totalmente apaixonada e encantada.

Regina Casé

O quebracho, árvore que pouca gente conhece, faz parte da história e da cultura do povo pantaneiro. Facilmente encontrada nas fazendas do Pantanal, podemos dizer que ela está para essa região como o cajueiro está para o Nordeste, o coqueiro está para a Bahia e a araucária, para o Sul do país.

O nome "quebracho" vem do espanhol *quebra-hacha*, que significa "quebra machado", por causa da dureza de sua madeira. Vale dizer que três espécies diferentes de árvore atendem pelo nome de quebracho. Isso é relativamente comum com os nomes populares.

Ocorrência natural

O quebracho é uma árvore conhecida em outros lugares do Brasil com diferentes nomes: no Mato Grosso do Sul, é chamada de "chamacoco" e "chamucoco"; em Minas Gerais, é conhecida como "pau-preto"; na Bahia, no Ceará, na Paraíba e em Pernambuco, recebe o nome de "baraúna" ou "braúna"; e em Sergipe é só "braúna", nome que, possivelmente, vem do tupi *ibirá-una* (que significa "madeira preta") ou *muira-una* (muira = madeira; una = preto). O nome popular "quebracho" é empregado apenas no Pantanal.

Ela cresce com frequência em solos de várzea ricos em nutrientes e cálcio e com grande umidade, como os do Pantanal.

O quebracho é uma árvore de caráter solitário, sendo encontrada na companhia de poucas unidades da mesma espécie.

É também uma árvore longeva, isto é, que vive muito. E, apesar do crescimento lento, é muito utilizada em paisagismo, pois apresenta características ornamentais.

No Mato Grosso do Sul, o quebracho floresce em julho; mas a época de floração pode variar de um ano para o outro.

Quebracho

Schinopsis brasiliensis

Altura | de 12 a 22 metros

Tronco | reto e bem conformado, revestido por espessa casca, com diâmetro de 40 a 70 cm

Folhas | compostas, oblongas – isto é, mais longas do que largas (de 3 a 4 cm de comprimento por 2 cm de largura) –, verde-escuras na face superior e pálidas na inferior

Flores | pequenas, brancas, levemente perfumadas

Frutos | secos, adaptados à dispersão pelo vento, com coloração castanho-clara e aproximadamente 3,5 cm de comprimento

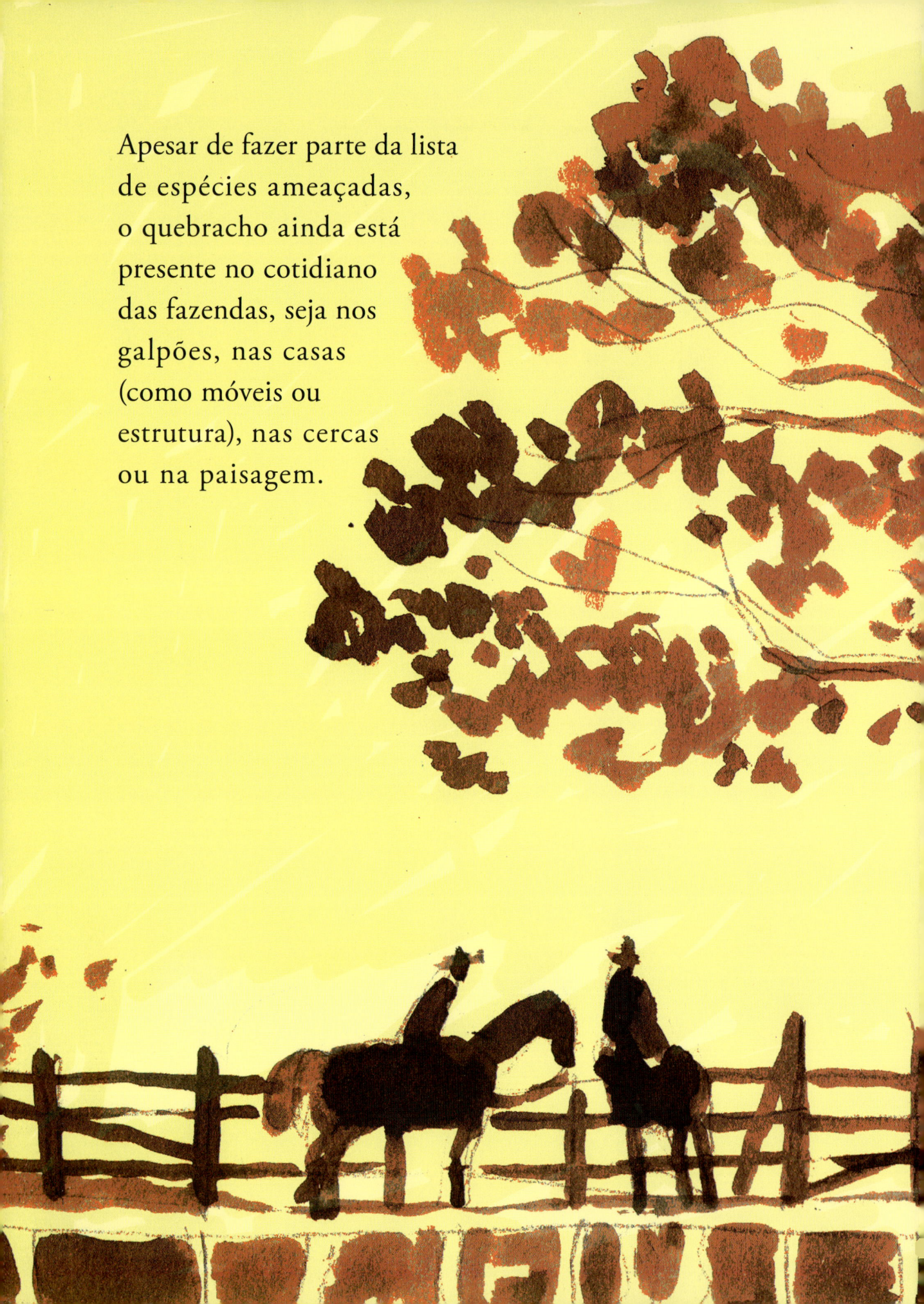

Apesar de fazer parte da lista de espécies ameaçadas, o quebracho ainda está presente no cotidiano das fazendas, seja nos galpões, nas casas (como móveis ou estrutura), nas cercas ou na paisagem.

O quebracho ao ar livre passa o dia inteiro só olhando o gado pastar e ouvindo os passarinhos cantar. Mas a vida dele não foi sempre essa moleza.

Na história do Pantanal, o quebracho é visto como um herói de guerra por muitos que o conhecem.

No século XIX, o Brasil, que formava a Tríplice Aliança com a Argentina e o Uruguai, declarou guerra contra o ditador paraguaio Francisco Solano López e sua política expansionista.

A intenção do ditador paraguaio era conquistar terras na região da bacia do Prata e, assim, conseguir para seu país uma saída para o oceano Atlântico.

As batalhas entre os exércitos causaram incêndios na região do rio Paraguai, que, durante a guerra, era um ponto estratégico.

Todos os produtos da região, tanto do Paraguai quanto do Oeste brasileiro, eram escoados pelo rio, e quem o dominasse controlaria a economia do inimigo.

Durante o conflito, a Marinha brasileira dobrou sua frota de navios de guerra, o que acabou virando motivo de orgulho nacional.

As primeiras grandes glórias militares brasileiras vieram das batalhas no rio Paraguai, assim como os primeiros heróis de guerra.

Nas margens do rio Paraguai havia inúmeros quebrachos. E, como a madeira dessa árvore é especialmente dura, alguém teve a ideia de fincar estacas de quebracho no leito do rio, formando uma barreira submersa.

Qualquer barco grande que tentasse passar por ali tinha o fundo do casco avariado pelas toras de quebracho.

A Batalha Naval do Riachuelo é considerada pelos historiadores uma das mais importantes da Guerra do Paraguai. Ela ocorreu no dia 11 de junho de 1865, às margens de um afluente do Paraguai, o rio Riachuelo, na província de Corrientes, Argentina.

Comandada pelo almirante Barroso, foi um duro combate entre as esquadras brasileira e paraguaia. E a vitória foi decisiva para a Tríplice Aliança, que passou a controlar os rios desde a bacia Platina até a fronteira com o Paraguai, reafirmando a derrota desse país.

O pintor Victor Meirelles, comissionado pelo ministro da Marinha do Brasil, Afonso Celso, montou seu ateliê a bordo do navio *Capitânia*, da esquadra brasileira, onde, por dois meses, trabalhou os esboços de seu *Combate Naval do Riachuelo*, e, quando retornou ao Rio de Janeiro, pintou a famosa tela que retrata a batalha.

Combate Naval do Riachuelo, 1882-83 | Victor Meirelles
óleo sobre tela 420 x 820 cm | Museu Histórico Nacional, Rio de Janeiro
Foto Luísa Henriqueta/Laeti Imagens

Em 1869, sob a liderança do Duque de Caxias,

o exército brasileiro invadiu o Paraguai, e a capital do país, Assunção, foi tomada pelos militares.

No ano seguinte, com a morte de Solano López na batalha travada em Cerro Corá, a guerra chegou ao fim.

O saldo do conflito foi aterrorizante, milhares de sul-americanos mortos, inclusive mulheres e crianças paraguaias, e muitas dívidas para todos os países envolvidos na disputa.

O quebracho foi tão usado como arma de guerra, que quase entrou em extinção. A sorte é que ele é uma das árvores que mais produz sementes no Pantanal. Os quebrachos que não foram convocados trataram de espalhar seus filhos de novo pelas margens do rio Paraguai.

Por essas e outras,
o quebracho tornou-se
uma árvore-símbolo,
especialmente para a Argentina,
onde ele é mais numeroso.

A guerra acabou em 1869.

Mas o quebracho não teve sossego.

Foi justamente nessa época que a economia pantaneira descobriu seu uso mais rentável e começou a extrair dele o tanino, substância muito usada na indústria farmacêutica e na curtição do couro,

processo que transforma um material putrescível (pele) em material que não apodrece (couro).

O tanino é encontrado em diversas espécies vegetais, e a casca do quebracho é rica nessa substância: contém cerca de 20% de tanino.

A pacata árvore de fazenda, que havia se tornado uma eficiente arma de guerra, então revolucionou a economia pantaneira.

Esse *boom* coincidiu com o apogeu do Porto Corumbá, o terceiro maior da América Latina, por onde, junto com o tanino, escoava também toda a produção do Oeste brasileiro e dos países vizinhos.

Por causa das regiões alagadas do Pantanal, não havia caminho por terra, e a única comunicação de toda essa área com o mundo era através do rio Paraguai.

Em contrapartida, a indústria alemã era abastecida com o tanino fabricado no Pantanal.

Na época, o tanino era considerado um produto estratégico e, por isso, a fábrica de Porto Murtinho era administrada por alemães.

Mas, quando a Segunda Grande Guerra estourou, os alemães abandonaram a fábrica e desapareceram.

A indústria de extração do tanino foi responsável pelo intenso desmatamento da região sul do pantanal, em especial a região de Porto Murtinho, o que quase levou novamente a árvore à extinção.

Ao mesmo tempo que os alemães abandonavam a fábrica de tanino, descobriam-se outras fontes da substância, ainda melhores que o quebracho, como a acácia-negra – árvore muito cultivada no Rio Grande do Sul – e o tanino sintético.

A decadência econômica, com o fim do ciclo do tanino, causou muitos dramas sociais em toda a região mas salvou a pele do quebracho.

Porém, quando isso aconteceu, há alguns anos, no estado de São Paulo estava sendo construída uma linha ferroviária que voltaria a movimentar a região pantaneira.

O quebracho seria usado mais uma vez por causa de sua madeira dura, desta vez para fabricar os dormentes dos trilhos que seriam instalados na região.

E.F. NOROESTE DO BRASIL

BOLÍVIA

CORUMBÁ

MATO GROSSO

CAMPO GRANDE

PONTA PORÃ

PARAGUAY

MINAS GERAIS

SÃO PAULO

BAURU

A Noroeste, como ficou conhecida essa estrada de ferro, partia da cidade de Bauru. O objetivo de sua construção era estabelecer uma ligação ferroviária entre os oceanos Atlântico e Pacífico através do Mato Grosso e da Bolívia.

Em seis anos, a linha alcançou o atual estado do Mato Grosso do Sul, com mais de 450 km de trilhos instalados em plena mata.

A Noroeste é um dos raros casos brasileiros em que a ferrovia precedeu o surgimento das cidades.

Conforme a ferrovia avançava no então desconhecido sertão, também surgiam as estações que, junto com os acampamentos de trabalhadores da empreitada, acabaram por formar os primeiros povoados na região.

Surgiram assim inúmeras cidades ao longo da linha férrea.

Hoje o quebracho consta da Lista Oficial do Ibama de Espécies da Flora Brasileira Ameaçadas de Extinção e é proibido seu corte em qualquer parte do território nacional.

Vivo, o quebracho pode ser usado na arborização de praças e canteiros centrais, tem importante papel na atração de abelhas e outros insetos, sendo considerada uma planta melífera, e suas folhas servem de alimento também para caprinos e ovinos, especialmente na época de estiagem. Na medicina veterinária é usada no tratamento de verminose de animais domésticos. Na medicina popular é usada contra histeria, nervosismo, dores de dente e de ouvido.

Depois de tantos serviços prestados ao homem, hoje ele pede ajuda para que estudos biológicos de melhoramento genético e propagação *in vitro* viabilizem a produção de mudas em larga escala.

Foto Harri Lorenzi

Fotos Estevão Ciavatta

Regina na Bolívia,
primeiro UPDQ internacional

Equipe reunida embaixo de duas Barrigudas

O quebracho nunca reclamou de ser usado por qualquer um, fosse nas fazendas, nas fábricas, na guerra ou nos trilhos de uma ferrovia. Ver um quebracho ao vivo é a prova da generosidade e perseverança da natureza em relação ao homem. E olha que o quebracho viu muita coisa acontecer, dos rituais dos índios guaycurus até as excursões de turistas que hoje viajam ao Pantanal.

Nossas filmagens pela região foram uma verdadeira aventura. Algumas vezes nos perdemos – e como é bom se perder quando se tem ipês, paus-santos e quebrachos na beira da estrada, e ainda araras, capivaras, onças e jacarés para as máquinas fotográficas. Fizemos uma longa viagem de carro desde Corumbá (com direito a uma visita ao lado boliviano – veja a foto da Regina como uma típica boliviana) até Campo Grande, capital do Mato Grosso do Sul. Dormimos algumas noites na Fazenda Guaycurus, onde muitas cenas do programa "Quebracho" foram filmadas. Também visitamos Bonito, que é um dos lugares mais lindos que já fui. A equipe era formada por (na foto ao lado, da esquerda para a direita): Estevão, Marcos, Fabio, Flavia, João, Lara, Benedita, Ivan, Regina, Lorenzi (nosso consultor e mestre) e Pedro. Ah, tem o Felipe, que não está lá porque está tirando a foto!

Viva o quebracho!

Estevão Ciavatta

Regina Casé é premiada atriz e apresentadora com uma vitoriosa carreira, iniciada em 1974 com *Asdrúbal Trouxe o Trombone*, grupo de teatro que revolucionou não só a encenação brasileira, mas também o texto e a relação dos atores com a maneira de representar. Ela, no entanto, há muito tempo extrapolou em importância o ofício de atriz, para transitar no cenário cultural brasileiro como uma instigante cronista de seu tempo. Ainda no teatro, Regina se destacou nos anos 1990 com a peça *Nardja Zulpério*, que ficou 5 anos em cartaz. Teve ampla atuação no cinema, recebendo diversos prêmios nacionais e internacionais com o filme de Andrucha Waddington, *Eu, Tu, Eles*. Na televisão, Regina marcou a história em telenovelas com sua personagem Tina Pepper em *Cambalacho*, de Silvio de Abreu. Criou e apresentou diversos programas, como *TV Pirata, Programa Legal, Na Geral, Brasil Legal, Um Pé de Quê?, Minha Periferia, Central da Periferia*, entre outros. Versátil e comunicativa, é uma mestra do improviso, além de dominar naturalmente a arte de fazer rir.

Estevão Ciavatta é diretor, roteirista, editor, fotógrafo de cinema e TV. É sócio-fundador da produtora Pindorama. Formado em 1993 no Curso de Cinema da Universidade Federal Fluminense/RJ, tem em seu currículo a direção de algumas centenas de programas para a televisão, como os premiados *Brasil Legal, Central da Periferia* e *Um Pé de Quê?*, além dos filmes *Nelson Sargento no Morro da Mangueira* – curta-metragem sobre o sambista Nelson Sargento –, *Polícia Mineira* – média-metragem em parceria com o Grupo Cultural AfroReggae e o Cesec – e *Programa Casé: o que a gente não inventa não existe* – documentário longa-metragem sobre a história do rádio e da televisão no Brasil.

Eloar Guazzelli Filho é ilustrador, quadrinista, diretor de arte para animação e *wap designer*. Além dos prêmios que ganhou como diretor de arte em diversos festivais de cinema, como os de Havana, Gramado e Brasília, foi premiado como ilustrador nos Salões de Humor de Porto Alegre, Piracicaba, Teresina, Santos e nas Bienais de Quadrinhos do Rio de Janeiro e de Belo Horizonte. Em 2006 ganhou o 3º Concurso Folha de Ilustração e Humor, do jornal *Folha de S.Paulo*. É mestre em Comunicação pela ECA (USP) e ilustrou diversos livros no Brasil e no exterior.

Fabiana Werneck Barcinski é mestre em História Social da Cultura pela PUC-RJ, autora de ensaios e biografias de artistas visuais como Palatnik, José Resende e Ivan Serpa. Editora de diversos livros de arte, entre eles *Relâmpagos*, de Ferreira Gullar, e *Fotografias de um filme – Lavoura arcaica*, de Walter Carvalho. Em 2006, fundou o selo infantojuvenil Girafinha, do qual foi a editora responsável até dezembro de 2009, com 82 títulos lançados, alguns premiados pela FNLIJ e muitos selecionados por instituições públicas e privadas. Escreve roteiros para documentários de arte e é corroteirista dos longas-metragens *Não por acaso* (2007) e *Entre vales e montanhas* (pós-produção).